roit civil, contenant : dans une première partie, l'exposé des , dans une deuxième, les questions de détail et les controverses, table des textes expliqués et d'une table analytique développée, par ACANTINERIE, professeur à la Faculté de droit de Bordeaux, officier ion publique, 1882-1884. 3 vol. grand in-8°........ **37 fr. 50**
me séparément................................. **12 fr. 50**

rocédure, organisation judiciaire, compétence et procédure en ivile et commerciale, par E. GARSONNET, professeur à la Faculté de is, 1882-1884. 2 vol. in-8°........................ **20 fr. »**

ours d'économie politique professé à la Faculté de droit de nant, avec l'exposé des principes, l'analyse des questions de légis- mique, par Paul CAUWES, professeur à la Faculté de droit de Paris, evue et augmentée, 1881-1882. 2 vol. grand in-8°.... **20 fr. »**

entaire de Droit romain, contenant l'explication méthodique es de JUSTINIEN et des principaux textes classiques, pour la prépa- examens de baccalauréat, de licence et de doctorat en droit, par AILHÉ, professeur à la Faculté de droit de Grenoble, 2e édition, re- lgée par Ch. TARTARI, professeur de droit romain à la Faculté de 1881. 1 vol. in-8°................................. **12 fr. »**

entaire de Droit commercial, contenant toutes les matières e commerce et des lois postérieures, exposées dans un ordre métho- Auguste LAURIN, professeur de droit commercial à la Faculté de et à la Faculté des sciences de Marseille, 1884, 1 v. in-8. **10 fr. »**

Droit criminel, comprenant l'explication élémentaire de la érale du Code pénal, du Code d'instruction criminelle en entier, et i ont modifié ces deux Codes, par R. GARRAUD, professeur de droit la Faculté de droit de Lyon, 1881. 1 vol. in-8°...... **10 fr. »**

l'histoire du Droit français. Cours d'introduction à l'étude ar Alfred GAUTIER, professeur à la Faculté de droit d'Aix, 2e édi- 1 vol. in-8°.................................. **10 fr. »**

l'histoire du Droit français, accompagné de notions de nique et d'indications bibliographiques par PAUL VIOLLET, ire de la Faculté de droit de Paris, 1884, 1er fascicule, in 8°. **5 fr. »** sera complet en deux fascicules.)

on à l'étude historique du Droit coutumier français rédaction officielle des coutumes, par Émile BEAUNE, ancien procu- l à la Cour de Lyon, 1880. 1 vol. in-8°............ **8 fr. »**

ion des personnes. Droit coutumier français, par Henri BEAUNE, cureur général à la Cour de Lyon, 1882. 1 vol. in-8°. **8 fr. »**

d'économie politique, par Ch. GIDE, professeur d'économie la Faculté de droit de Montpellier, 1884, 1 vol. in-18. **5 fr. »**

e droit international privé, par G. BOURDON-VIANE et , répétiteurs de droit, 1883, 1 vol. in-18............ **6 fr. »**

de Justinien, avec traduction française en regard, par N-VIANE, 1884, 2 vol. in-32, cartonnés................ **7 fr. »**
lume séparément................................. **3 f. 50**

u cours de droit romain, professé à la Faculté de droit de nnée, par C. APPLETON, 1884, 1 volume grand in-8°... **4 fr. »**

droit romain, ou questionnaire nouveau et complet sur les e Justinien et de Gaius, les règles, les sentences, les textes classiques et du Code, par J. RAMBAUD, professeur à la Faculté de droit de 881, 2 forts volumes in-32...................... **8 fr. »**

.... **4 fr. »**

RÉCITS

DE

MADEMOISELLE ESTHER

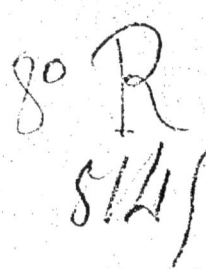

POUR LES ENFANTS

ANDRÉ VALDÈS

RÉCITS

DE

MADEMOISELLE ESTHER

LIBRAIRIE GÉNÉRALE DE VULGARISATION ILLUSTRÉE

ALFRED DEGORCE, ÉDITEUR

PARIS. — 9, rue de Verneuil, 9. — PARIS

RÉCITS

DE

MADEMOISELLE ESTHER

I

PREMIÈRE CAUSERIE

C'était non loin de Paris, dans un vieux château transformé en pensionnat de jeunes filles. A l'époque du jour de l'an, on faisait de jolis travaux à l'aiguille pour les cadeaux d'étrennes, et souvent l'ennui ou la fatigue paralysait ces petits doigts, astreints à un travail long et assidu, auquel ils n'étaient pas accoutumés.

Mᵐᵉ Esther, la sous-maîtresse des ouvrages manuels, cherchait un moyen pour encourager les fillettes, car elle était aussi triste que lasse d'entendre Odette bâiller vingt fois par heure en disant :

— Mon Dieu! quand donc aurai-je fini cette paire de pantoufles?

Ou Julia s'écrier :

— Et moi, quand ferai-je le dernier point à mon tabouret de piano ?

On entendait de gros soupirs fatigués et des exclamations douloureuses partir de ci, de là :

— Que c'est long, le point des Gobelins!

— Je mourrai, avant de finir ce plumetis !

— J'ai beau travailler, mon dessus d'édredon n'avance pas!

— Ton père porte-t-il des bonnets grecs?

— Non.

— Tu as bien de la chance !...

— Pourquoi?

— Parce que tu n'es pas forcée de lui en faire un chaque année pour ses étrennes.

Il faut vous dire qu'à l'approche des prix ou du jour de l'an, on formait une classe spéciale pour les ouvrages; les jeunes filles y jouissaient d'une certaine liberté. Elles pouvaient causer un peu, sans abus cependant, car on avait jugé que ces travaux, prenant la journée entière, il était impossible de ne pas y apporter une légère compensation.

Dans les premiers jours, la conversation, en effet, soutint tous les courages; mais on faiblit bientôt, et la lassitude prit le dessus.

Mademoiselle Esther eut, un jour, une idée lumineuse.

— Mes chères enfants, dit-elle, pour vous faire oublier vos fatigues, je vais vous raconter quelques anecdotes, quelques historiettes, à condition que vous mettrez plus d'entrain à votre ouvrage. Cela vous plait-il?

— Oh! oui, oui, Mademoiselle! crièrent toutes les élèves enthousiasmées.

— J'ajouterai même que si l'une de vous en sait, et peut me remplacer de temps à autre, elle sera la bienvenue. Fouillez donc vos mémoires, et avertissez-moi lorsqu'elles répondront à l'appel.

Nous allons, pour commencer, passer en revue tous les défauts des enfants; nous verrons ceux qui se sont corrigés et sont devenus de bons petits garçons et de bonnes petites filles; nous en verrons d'autres, persévérants dans le mal comme il faut l'être dans le bien, et finissant misérablement, punis par leurs propres fautes.

Quelques-uns de mes contes seront fantastiques, d'autres seront tirés de la vie journalière. Dans certains, plus d'une d'entre vous se reconnaîtra ; gardez-vous, mes enfants, d'y reconnaître vos amies : voyez et arrachez la poutre de votre œil, mais ne signalez à personne la paille qui gêne l'œil du voisin.

Nous parlerons, pour commencer, de ce défaut qui vous fait punir si souvent en classe, le bavardage. Il n'a pas que ce seul inconvénient ; il peut entraîner les plus grands ennuis, non-seulement pour nous, mais pour tous ceux qui nous entourent.

LE BAVARDAGE

Mademoiselle Eugénie, connue, lorsqu'elle était petite, sous le nom de Nini, avait un bien vilain défaut. Elle babillait sans cesse comme une pie. Elle allait de l'une à l'autre sans raison, racontant ceci, inventant cela, rapportant à l'une ce que celle-là avait dit, demandant à celle-ci pourquoi elle avait fait telle chose; pourquoi elle ne faisait pas telle autre. C'était une curiosité insupportable, un babil continuel sans utilité. Sa curiosité inconvenante et déplacée jointe à son caquet, qui était souvent médisant, produisait de déplorables effets. Il en résultait des brouilles entre ses compagnes, des discussions, des difficultés sans cesse renaissantes, qui semaient la discorde et la désunion dans l'école et même dans les familles des élèves. Aussi Mademoiselle Nini était-elle devenue un objet d'horreur ; on la redoutait et on la fuyait comme la peste.

L'institutrice et la sous-maîtresse, qui avaient eu, elles-mêmes, à se plaindre des bavardages et de la curiosité déplacée de Nini, la punissaient quelquefois même très sévèrement, mais elle ne se corrigeait pas.

Elle n'apprenait rien, savait à peine lire et écrivait comme un chat. Après quatre années passées à l'école, elle ne savait pas faire une addition sans fautes.

Les parents, remarquant son ignorance, finirent par lui faire quitter la classe et la placèrent chez une couturière. Là, Eugénie continua ses bavardages; les ouvrières n'eurent plus de tranquillité. Elle rapportait ce que chacune disait des autres, écoutait aux portes, et, lorsqu'on la menait dans les maisons des clientes pour essayer les robes, elle racontait aux bonnes toutes les histoires de l'atelier, puis, en rentrant à l'atelier, disait tout ce qu'elle avait vu et entendu dans les maisons des clientes. Sa maîtresse d'apprentissage avait souvent des reproches des dames de la ville, à qui l'on rapportait que la couturière avait dit ceci ou cela à leur sujet. Eugénie recevait de temps à autre quelques taloches des ouvrières de l'atelier, mais rien ne la corrigeait. La patronne pria enfin ses parents de la reprendre chez eux. Comme ils avaient beaucoup d'enfants et qu'ils n'étaient pas riches, ils furent obligés de la placer dans une ferme du voisinage.

Le fermier lui confia la garde de ses pourceaux; Eugénie dut aller conduire ces bêtes dans les champs, dans les bois lointains, d'où elle ne revenait que le soir. C'était une contrée très isolée, le pays était sauvage et triste. Eugénie ne rencontrait personne dans ses tournées avec son troupeau, et elle ne pouvait parler à qui que ce fût de toute la journée. Elle était bien punie et pleurait souvent sur son triste sort. Elle reconnaissait ses fautes, mais il était trop tard pour les réparer.

Elle resta ainsi pendant cinq ans chez le fermier, et, avec l'âge, elle prit de l'expérience et de la prudence. Ses parents, ayant recueilli un petit héritage d'une tante, morte récemment, lui permirent de revenir chez eux, et lui firent promettre de ne plus être bavarde, ce qu'elle fit de grand cœur. Elle tint parole.

Je désire beaucoup, mes chères mignonnes, que l'aventure de Mademoiselle Nini vous serve d'exemple. Soyez modestes et raisonnables, ne vous occupez pas de ce que font vos compagnes et de ce qui se passe dans les familles, occupez-vous de vos leçons, de vos devoirs, amusez-vous pendant les heures de récréation, sans songer à questionner vos camarades. Ne blâmez pas les actions des autres. Écoutez plutôt que de parler. Si vous saviez comme il est ridicule, à votre âge, de vouloir tout savoir et tout apprécier, vous vous tiendriez bien tranquilles chez vos parents et à l'école.

Il n'y a rien de plus honteux que de dire du mal de ses camarades et aussi de ne pas garder les secrets qu'elles vous confient.

La démangeaison de parler à tout propos, et même hors de propos, peut avoir de très graves inconvénients. Il y a souvent intérêt pour votre famille à ce que d'autres personnes ne sachent pas ce qui se passe à la maison ou ce qu'on y a dit. Si vous le rapportez à une camarade, celle-ci peut le dire à une autre, qui se hâtera de le raconter au premier venu, et ainsi toute la ville saura, en quelques jours, ce qui devait rester secret dans l'intérêt de vos parents.

Voici, maintenant, l'histoire d'une enfant que son bavardage intempestif a rendue orpheline. J'ai vu pleurer la pauvre mère en me la racontant, j'ai vu le rouge de la honte sur le front de la jeune fille, inconsolable du mal qu'elle a causé.

Le père, qui se nommait Jules Valagnes, était un brave ouvrier forgeron, qui avait une malheureuse passion : il aimait la chasse par-dessus tout !

Dès qu'il entendait le cri des perdrix dans la plaine, il partait avec son chien Rigobert; bientôt on entendait : pan, pan !... Toc, toc! c'était lui qui tirait, et à chaque coup une perdrix tombait.

Mais il habitait un village voisin des grands bois du comte de Senages, lequel était plus sévère encore pour sa chasse que ne l'était son père, ce qui n'est pas peu dire.

Il avait, en conséquence, choisi un garde méchant comme un âne rouge; et qui ne transigeait jamais avec sa consigne.

Il faut dire que, parfois, Valagnes était d'une imprudence insensée. Quand l'ardeur de la chasse l'emportait, tant pis où elle l'entraînait; il lui fallait son gibier à tout prix !

Hélas ! une fois, il y avait grande chasse au sanglier dans les bois de Senages, et Valagnes était dans les environs avec son grand fusil à double canon, avec lequel il ne tirait jamais un coup de feu inutile.

Pourquoi entra-t-il dans le bois, un jour comme celui-là ? N'était-ce pas chercher l'occasion et le danger ?

Un sanglier passe, un beau marcassin... Avant qu'il ait réfléchi, Valagnes a tiré, la bête est morte!... alors, seulement, il réfléchit; la chasse va arriver, il y aura un scandale endiablé...

Il charge l'animal sur ses épaules, après l'avoir enveloppé de sa blouse, et se sauve en courant chez lui, le cache à la cave et se met au travail.

Mais il avait été vu. Le seigneur, en constatant qu'on avait osé tirer un sanglier sur ses terres, lorsque lui-même le poursuivait, entra dans une rage folle, et donna les ordres les plus sévères à son garde pour retrouver le coupable.

Le garde, exagérant encore la fureur du maître, jura de faire traîner le braconnier en prison entre deux gendarmes; Valagnes prit peur, et, pour laisser à toutes ces colères le temps de se calmer, il alla se cacher dans une cabane de bûcheron à deux lieues de là, dans le bois de Sancis.

Valagnes avait une petite fille de huit ans,

nommée Marie, qui allait à l'école. On ne s'était pas défié d'elle; pourtant, on lui recommanda le plus grand silence.

Mais, arrivée en classe, elle n'eut rien de plus pressé que de raconter, en confidence, à un petit camarade ce que son père avait fait, et où il s'était réfugié.

BABILLARDS.

Ce camarade était le fils du maire; sans malice, au déjeuner, il raconta l'histoire à son père, qui envoya tout de suite avertir le garde du comte de Senages.

Celui-ci, accompagné des gendarmes, partit immédiatement pour le bois de

Sancis. Le forgeron dormait, se croyant en sécurité, lorsque les trois hommes secouèrent la porte pour entrer. Le forgeron, brusquement réveillé, sauta sur son fusil, au moment où la vieille serrure cédait.

— Le premier qui avance, je le tue, cria-t-il.

Un coup de feu répondit à cette menace, et Valagnes tombait, le cœur traversé par la balle du garde-chasse.

Il y a bien des années que cet événement est arrivé ; la mère et la fille portent toujours le deuil; la mort du père les a ruinées. Elles vont travailler chez les autres, comme on dit au village, la mère comme laveuse, la fille comme repasseuse. Vainement on chercherait à faire parler Marie ; sa bouche semble cousue éternellement, par une volonté qui est une expiation. Hors les nécessités absolues de son travail, elle ne prononce pas une parole. On pourrait la prendre pour muette. On ne la voit jamais sourire.

Mademoiselle Esther se tut ; toutes les têtes inclinées sur l'ouvrage semblaient absorbées par de profondes réflexions. En réalité, le petit auditoire était très ému. Il fallait un autre conte pour dissiper l'impression de celui-ci, et la charmante sous-maitresse, après un coup-d'œil donné à chaque ouvrage, commença celui-ci.

LE GOURMAND RIDICULISÉ

Frédéric était un jeune garçon de dix ans, fils d'un grand menuisier de Belleville ; le frère du menuisier était confiseur, et le plus grand bonheur de l'enfant était d'aller voir son oncle, non qu'il l'aimât beaucoup (l'oncle étant vieux et grognon), mais parce que ces jours-là étaient jours de bombances.

Frédéric était très gourmand. On le trouvait toujours à la cuisine goûtant à tout, essuyant les casseroles avec un peu de pain, mettant son doigt dans les crèmes ou les sirops. Il s'était même plus d'une fois brûlé ainsi.

Un dimanche, toute la famille du menuisier, en toilette de gala, était en visite chez le confiseur. On devait dîner, puis aller voir les « Pilules du Diable » au théâtre Becker, installé sur le boulevard extérieur pour la fête du quartier.

Frédéric, comme d'habitude, tournait à la cuisine, soulevant les couvercles, chipant de ci, de là, quelque friandise inachevée.

— Frédéric, lui cria sa mère, prends garde de ne pas te salir !

— Oui, maman : ne crains rien !

En effet, il étrennait ce jour-là un charmant costume de marin, dont il était très fier.

Tout en furetant, il avise un immense chaudron, rempli d'un liquide jaune comme de l'or.

Frédéric veut y goûter et se baisse pour y plonger le doigt; mais son pied glisse sur une écorce d'orange et il tombe dans le chaudron, en poussant un grand cri.

Tout le monde accourut, et les éclats de rire inextinguibles retentissent de toute part. Frédéric barbottait dans le liquide, un beau sirop jaune qu'il ne songeait guère à goûter. Il ruisselait comme une fontaine, étant tombé la tête la première; à chacun de ses cheveux perlait une larme d'or; ses yeux, ses joues en étaient couverts...

Il ne pouvait sortir seul, le chaudron étant trop profond, et personne n'osait le toucher de peur de se salir. Enfin, le cuisinier, aidé d'un marmiton, se dévouèrent à le tirer de peine, mais dans quel état, grand Dieu !

On dut le déshabiller et le baigner; mais, pour le punir de sa continuelle gourmandise, on le coucha, après un repas sommaire, dans le lit de son cousin, pensionnaire au collège Chaptal.

Pendant qu'il se morfondait entre ses draps, il entendait tout le monde, en bas, rire et s'amuser, puis se lever de table et partir pour la fête.

Je puis vous assurer qu'il versa plus d'un pleur avant de s'endormir, et qu'il fut bien honteux de sa ridicule conduite.

Sa contrition s'aggrava encore du contraste que présentait, le dimanche, son costume lavé et défraichi, que sa maman ne voulut pas renouveler, avec les élégants vêtements de ses deux frères.

Mais enfin, la saison passée, il n'y parut

plus, et Frédéric fut guéri d'un vilain défaut, dont il se corrigea complètement.

Un joli sourire courait maintenant sur toutes les lèvres ; les fillettes rassérénées avaient bien ri en se figurant Frédéric transformé en fontaine Wallace, disait Sophie ; en marron glacé, disait Hélène ; mais, gourmandes à leur tour de jolies histoires, à peine en achevait-on une que leurs yeux en demandaient une autre. Comme Mlle Esther était fatiguée, elle déclara qu'elle passait la parole à celle de ces demoiselles qui voudrait raconter quelque chose. Odette quitta donc pour un instant sa pantoufle, et vint raconter la bluette suivante.

JOSEPH LE FANFARON

Joseph était le fils d'un cordonnier de village. Il était très arriéré dans ses études, ayant été malade, de sorte qu'il allait encore à l'école à l'âge où les autres sont aux champs ou en apprentissage.

Il en résultait pour lui une facile supériorité sur ses petits camarades, auxquels sa force physique et ses vantardises en imposaient.

Joseph parlait toujours de son courage, de son sang-froid, de ce qu'il avait fait un jour qu'il avait été attaqué par un loup ; de sa vaillante défense quand un voleur les avait arrêtés, son père et lui, dans le bois, en revenant de la ville.

Les petits écoliers croyaient tout cela. En voyant ce grand garçon si fort, il leur semblait qu'il pouvait accomplir toutes les prouesses qu'il s'attribuait.

Le jour de la fête du maitre d'école, congé fut donné à toute la classe, et l'excellent homme dit aux enfants:

— Comme je suis très content de vous, mes chers petits, je vais vous faire faire aujourd'hui une belle promenade dans la forêt.

En effet, ils partirent; ils avaient tous emporté leur goûter. Il y avait déjà des fraises dont ils se régalèrent, et des muguets dont ils cueillirent des monceaux parfumés; les oiseaux chantaient et jasaient, les merles se battaient dans les arbres, les pies se promenaient dans le chemin en jacassant; c'était charmant et délicieux !

Sans s'en apercevoir, et tandis que le maitre, assis au pied d'un arbre, lisait paisiblement, les enfants s'étaient dispersés.

Joseph et quatre autres avaient entrepris une excursion à certaine grotte, dont ils avaient entendu parler, et comme l'un des petits objectait l'heure et l'éloignement, Joseph avait répondu avec importance :

— Que pouvez-vous redouter avec moi ? ne suis-je pas là pour vous défendre contre tout danger?

Rassurés, les enfants l'avaient suivi; mais ils s'étaient égarés, et, tandis qu'ils cherchaient leur route, la nuit survint.

Joseph ne parlait plus, mais tremblait de tous ses membres; les autres avaient franchement peur; deux d'entre eux pleuraient à chaudes larmes.

Tout à coup, Joseph poussa un cri étouffé et se cacha derrière un de ses camarades, en se faisant tout petit.

— Qu'y a-t-il? demanda Pierre.

— Du bruit là... balbutia Joseph en indiquant la droite.

En effet, on entendait comme les pas d'un animal marchant au hasard.

— C'est peut-être un chevreuil, hasarda Jacques.

— Ou un lièvre, fit Jean.

— J'ai peur, sanglotait le petit Antoine ; maman, maman !

— Pourquoi ne nous défends-tu pas, toi ? dit Pierre à Joseph, toujours caché au milieu d'eux.

— Je n'ose pas, fit celui-ci ; ça doit être quelque bête féroce...

— Tu crois ? s'écrièrent les pauvres enfants en se serrant contre lui.

Ils étaient là tous les cinq, accroupis sur le gazon, pleurant tout bas, n'osant bouger, prêtant l'oreille à ce bruit capricieux qui les affolait.

Il faisait une belle nuit claire, pourtant, et la lune se levait, sereine et majestueuse, dans un ciel très pur. On eût pu voir presque comme en plein jour, sans le feuillage des grands arbres qui formaient comme un dôme au-dessus de leur tête.

En ce moment, le buisson contre lequel ils s'adossaient fut violemment secoué, et tous les enfants, étouffant une exclamation d'angoisse, se jetèrent dans les bras l'un de l'autre, se cachant la tête pour ne pas voir le danger dont ils se croyaient menacés.

Des cris lointains et indistincts les épouvantaient encore; Pierre aurait voulu appeler, persuadé qu'on les cherchait, mais Joseph lui mettait la main devant la bouche, en lui disant tout bas :

— Tais-toi, malheureux ! ce sont des voleurs, tu nous ferais découvrir !

Le bruit augmentait cependant ; un animal les frôlait parfois à travers le buisson, puis il vint bondir autour d'eux.

L'épouvante les clouait sur place, leur fermait les yeux, les étranglait !...

Les cris pourtant se rapprochaient ; on finit par distinguer :

— Petit Pierre !... Jean !... Joseph !... Jacques !... Antoine !...

Et chaque cri se perdait longuement dans la nuit, parce que les enfants, morts de peur, ne pouvaient plus répondre.

Des gens munis de lanternes erraient dans la forêt et venaient vers eux.

Soudain, un braiement formidable retentit, arrachant un cri de frayeur aux petits malheureux, et un hi-han sonore salua la lumière que portait le maître d'école, à la recherche de ses élèves égarés.

L'ANE.

Le brave homme avait entendu la voix des enfants et accourait; les petits, bien vite rassurés, se redressèrent et se mirent à rire en reconnaissant, dans l'animal qui les avait tant effrayés, le jeune ânon de la mère Roussette qui s'était échappé.

Mais Joseph restait accroupi par terre, les yeux fous, tremblant de tout son corps; son menton, comme agité d'un tic nerveux, semblait se mouvoir pour parler, et pourtant il ne disait rien.

On eut beaucoup de mal à le ranimer ; il put, avec peine, marcher pour regagner le village ; arrivé chez ses parents, il se coucha et fut huit jours malade. Depuis, il a toujours bégayé.

Il n'a jamais voulu croire que c'était l'âne de la Roussette qui rôdait dans la forêt, et mangeait les bourgeons derrière eux. Il soutient, à qui veut l'entendre, que c'était un loup ou un ours, qui les aurait tous dévorés s'il ne s'était pas placé devant les petits, les couvrant de son corps. Mais on ne le croit plus maintenant, et on se moque de lui lorsqu'il commence ses fanfaronnades.

Odette se tut et regagna sa place, chaudement complimentée par Mlle Esther.

— Cette histoire est charmante, dit-elle,

et vous l'avez racontée avec beaucoup de
goût. Maintenant, mes enfants, poursuivit-
elle, pliez vos ouvrages, l'heure de la récréation est arrivée.

Et, en effet, au même moment, la grosse
cloche animait le vieux château de son
joyeux carillon.

DEUXIÈME CAUSERIE

Après une récréation des plus animées, les joues roses, l'œil brillant du plaisir goûté et de la distraction attendue, nos fillettes revinrent prendre place en classe et furent installées en un clin d'œil. Mlle Esther put s'applaudir de sa bonne idée, en voyant l'entrain et la bonne grâce que toutes ses élèves mirent à prendre leur ouvrage ; le silence s'établit, on attendait.

— Nous allons cette fois-ci, dit l'aimable sous-maîtresse, parler de la désobéissance. C'est un des défauts les plus répandus, même chez les enfants bons et gentils. Il n'en est pas qui n'ait eu son heure de désobéissance, non pas toujours par indiscipline, mais par faute de comprendre l'ordre donné ou la défense faite.

L'enfant n'a pas la perspicacité et l'expérience nécessaires pour toujours comprendre la raison des recommandations qui lui sont prodiguées.

Souvent il croit à l'arbitraire, à la fantaisie, ou même à un sentiment de taquinerie, qui pousse les parents ou les maîtres à contrarier ses caprices, lorsque ce n'est, au contraire, qu'une sollicitude continue pour vous épargner des peines ou des dangers.

Chez beaucoup, malheureusement, c'est un défaut invétéré, un besoin de faire l'opposé de l'ordre reçu. Dans ce cas-là, c'est un mal chronique, contre lequel on ne saurait trop réagir.

Je vais vous raconter à ce sujet deux histoires, dont l'une surtout est bien triste ; elles ont jeté la douleur et le deuil dans cette maison, car toutes deux se sont passées ici, dans les premiers temps de notre installation, et sont arrivées à quatre de nos pensionnaires.

LE SOUTERRAIN

Nous avions, pendant les vacances, quitté notre grande maison de Paris, devenue trop petite pour le nombre toujours croissant de nos élèves. A la rentrée, l'aménagement était encore incomplet ; bien des portes, murées depuis, étaient encore ouvertes, il y avait des coins et des recoins qui, à nous-mêmes, étaient restés inconnus, bien que nous ayons passé nos vacances à tout ranger, mais qui furent vite découverts par les petites filles, et qui nous causèrent maintes angoisses. Vous n'ignorez pas que cette habitation était autrefois le château des ducs de Chalnès, grands seigneurs qui brillèrent à la cour de nos rois, dans les siècles passés. Quand nous arrivâmes, elle avait encore tout l'attrait grandiose et tous les effrois sinistres de ces vieilles demeures d'un autre âge. C'était un puits sans fond et sans eau, s'ouvrant dans un coin de ce parc en amphithéâtre que vous aimez tant,

et que nous n'avions pas aperçu dans le
buisson où il se cachait. C'était, dans l'oran-
gerie, devenue la salle de gymnastique, des
portes secrètes ouvrant sur des couloirs
qui s'enfonçaient sous la colline à laquelle
nous sommes adossés; ils allaient ressortir
de l'autre côté, au village voisin, dans le
cellier d'un propriétaire, dont la maison
s'élève sur l'emplacement du château de
Margny. C'était une porte de fer conduisant
à nos caves et à l'entrée des souterrains,
entrée que nous croyions murée.

Nous avions, en ce moment, deux élèves
déjà grandes dont l'une, fort jolie, avait
quinze ans, et se nommait Elsa Borestrom;
elle était suédoise, et représentait le type
de la vraie beauté de son pays. Un teint
très blanc, légèrement rosé, des cheveux
d'un blond d'or, légers, crespelés, très
épais et d'une longueur invraisemblable;
des yeux bleus, très grands et très doux. Elle
était mince, souple comme une liane, et
c'était merveille de la voir à la gymnastique faire du trapèze, de la voltige, avec une
hardiesse qu'eût enviée un gymnaste de
profession.

A la promenade, tout le monde l'admirait, et, comme elle était fort riche, on pouvait prévoir que son existence dans le monde serait une série de triomphes, car elle était très instruite, excellente musicienne, et avait une voix à faire envie aux anges.

Sa camarade et amie était presque du même pays, de la Finlande. Moins jolie, elle avait peut-être plus de charme, par une sorte de langueur attractive qui rendait son regard extrêmement séduisant.

Elle était d'un an plus jeune qu'Elsa, et se nommait Ida Adlberg. Ses cheveux, blonds aussi, étaient de cette teinte cendrée qui ferait croire qu'une poussière d'argent les saupoudre, et qui donne une grande douceur rêveuse au visage de ces filles du Nord.

Elles ne se quittaient pas, liées par l'attrait d'une langue commune, le suédois, qu'on leur permettait de parler aux récréations. A ce propos, je vais ouvrir une courte parenthèse, pour vous dire quelques mots de ces deux pays scandinaves.

La Finlande appartenait autrefois à la

Suède ; elle dut alors en adopter le langage, tout en conservant le sien, qui est fort harmonieux, et résonne à l'oreille avec la suavité du toscan.

Depuis que cette contrée fut annexée partiellement à la Russie, ce qui eut lieu après la bataille de Pultava, en 1709, sous Charles XII, elle a conservé une liberté relative. Le russe n'est exigé que pour les officiers. Depuis 1809, elle est perdue entièrement pour la Suède. Mais la Russie lui a permis de conserver ses lois, ses monnaies, sa douane et sa langue, que quelques poètes, comme nos félibres pour la Provence, cherchent à faire revivre par leurs œuvres.

D'autres, tels que Toppelius et Runeberg, écrivent en suédois.

Mais revenons à nos jeunes filles qui, le parlant toutes les deux, étaient devenues amies intimes. Un jour, pendant la récréation, une idée infernale leur traversa l'esprit.

Il avait été formellement défendu, dès la rentrée des classes, de tenter aucune découverte ou excursion dans les coins

plus ou moins mystérieux de la maison.
On avait ordonné qu'on devait prendre les
récréations dans les endroits prescrits par
les règlements. Toute infraction devait être
sévèrement punie. On surveillait beaucoup
les allées et venues des *petites,* mais les
grandes avaient un peu plus de liberté ; on
avait confiance en leur raison.

Elsa et Ida se promenant donc un jour,
virent la porte de fer entr'ouverte et plusieurs couloirs s'enfonçant sous terre ; elles
en suivirent un, et arrivèrent à un escalier
en colimaçon qui descendait brusquement.

Comme elles n'avaient pas de lumière,
elles revinrent sur leurs pas, se promet-
tant pour le lendemain une promenade
souterraine, pleine de péripéties et d'émotions.

Toute la journée elles ne parlèrent que
de cela ; elles se procurèrent deux bougies,
les cachèrent avec des allumettes pendant
la récréation du soir, et attendirent le lendemain avec impatience.

Aussitôt après le déjeuner, elles se glis-
sèrent vers la porte des caves ; elles ren-

contrèrent, au moment d'y entrer, un petit laveur de vaisselle qui leur dit timidement :

— Mesdemoiselles, vous savez que c'est défendu?

— Oui, mais nous revenons tout de suite, dit Elsa avec son air de grande dame, qui en imposa à l'enfant. Surtout, ajouta-t-elle en lui donnant quelque monnaie, n'en dites rien à personne, vous nous feriez punir inutilement.

Elle était si belle et si majestueuse dans son port et ses manières que le petit, fasciné, ne put que promettre le silence, ne se doutant pas de la terrible leçon que l'avenir leur réservait à tous les trois!

Elles pénètrent dans le couloir, arrivent à l'escalier, descendent une quarantaine de marches, longent un autre couloir, et arrivent à une sorte de rotonde, où quatre galeries aboutissent.

Au centre de cette salle, s'élève une table de pierre entourée de blocs, de pierre également, servant de sièges.

Elles se réservent d'examiner ces détails à leur retour, et s'enfoncent dans un large

passage, qui se rétrécit peu à peu pour
aboutir à une porte vermoulue, qu'elles
enfoncent à coups de pied.

Là commence pour elles l'intérêt et
même l'horreur. Aux murs sont fixés des
anneaux, des chaînes, des instruments de
torture, dont elles ne peuvent même pas
s'expliquer l'emploi ; à terre, des ossements
blanchis, que les siècles ont presque réduits
en poussière. Au milieu de la salle, une
ouverture ronde les attire ; elles s'approchent avec précaution. C'est un puits
sans fond, sans margelle, un trou horrible,
qui engloutit en silence et ne rend jamais
ses victimes.

Effrayées, elles reculent, mais la curiosité
les ramène ; elles prennent une lourde
pierre et la jettent dans le puits ; elles écou-
tent... un temps très long s'écoule, puis
on entend le choc du projectile, sans pouvoir se rendre compte s'il a rencontré le
sol ou l'eau.

Les deux jeunes filles se regardent...

— Comme tu es pâle, dit Elsa.

— Tu es blanche comme une morte, répond Ida.

Un silence suivit. Elles s'étaient reculées et regardaient effarées autour d'elles... Tous ces appareils de torture et de mort, ces restes oubliés, ces têtes blanchies aux mâchoires grimaçantes, ces trous béants, qui autrefois avaient été des yeux, les glaçaient d'épouvante.

— J'ai peur, murmura Ida, osant, la première, avouer sa faiblesse.

Elsa ne répondit rien.

— Et toi ? reprit Ida.

Elsa la regarda, les yeux agrandis par l'horreur, puis, oubliant la fierté un peu hautaine dont elle ne se départait jamais, même avec son amie, elle la saisit par le bras, en disant d'une voix bouleversée :

— Moi aussi, j'ai horriblement peur !...

— Allons-nous-en, hasarda la Finlandaise.

— Oh oui !

Elles regardèrent autour d'elles pour s'orienter ; dans ce mouvement, elles s'aperçurent de l'affreuse imprudence qu'elles avaient commises. Sans prévoyance, elles avaient allumé chacune leur bougie, et maintenant, elles les voyaient au trois-quarts consumées, et se demandaient avec effroi si elles ne les verraient pas s'éteindre avant de regagner la lumière.

Aussitôt elles en éteignirent une, et furent plus effrayées encore par cette diminution de clarté. La lueur vacillante de leur bougie ne faisait que rendre visibles les épaisses ténèbres qui les enveloppaient. Le silence de tombe qui régnait dans ces sombres profondeurs pesait sur elles comme un manteau de plomb ; elles avaient hâte de regagner le monde extérieur, de respirer l'air pur, et elles s'engagèrent dans le corridor qui conduisait à la grande salle.

Arrivées là, elles ne surent plus quelle galerie devait les conduire à l'escalier. Elles en prirent une au hasard, se trompèrent, revinrent, en prirent une autre. Leur bougie s'achevait, elles allumèrent l'autre, continuèrent à chercher leur route.

Parfois des rats les frôlaient en passant, leur causant d'affreuses émotions, mais la plus horrible fut de voir leur dernière bougie s'éteindre, les laissant dans une profonde obscurité.

Elles se sentent perdues, pourtant elles

luttent encore. Elles reviennent à la salle centrale, tâtent les murs, s'engagent dans de nouvelles galeries, oubliant les dangers semés sur leur route ; elles vont, viennent, retournent, pleurant silencieusement dans l'angoisse qui leur étreint le cœur.

Une fois, elles s'arrêtent, se serrent l'une contre l'autre, s'enlacent follement, cherchant à s'encourager, puis reprennent leur tentative désespérée.

Tout à coup, un cri éperdu retentit, poussé par Elsa, répercuté par l'écho du sinistre souterrain... puis le choc d'un corps contre les parois qui le brisent, puis une chute lourde, puis... plus rien !...

Ida est seule, pétrifiée, les yeux grands ouverts dans l'ombre !... Elle ne peut pas croire le témoignage de ses oreilles, elle appelle :

— Elsa ! Elsa !... Mais rien ne répond que l'écho lugubre. Elle s'agenouille alors et tâte autour d'elle ; le sol est humide ; des insectes pullulent et courent sur ses doigts, mais elle n'y prend pas garde, elle veut savoir... En tâtant, ses mains rencontrent le bord du puits qu'elles ont vu ensemble le moment d'avant, et elle comprend... son amie a payé leur inqualifiable imprudence d'une mort effroyable, qui la guette peut-être. Alors, elle n'ose plus se redresser... elle rampe en s'éloignant du gouffre, atteint le mur, s'y adosse, et se résigne à attendre !...

. . . .

La récréation était passée ; on remarqua, à la rentrée en classe, l'absence des deux jeunes filles ; on les chercha, on les appela vainement partout ; elles étaient introuvables.

L'inquiétude nous gagna ; directrices et sous-maîtresses, nous nous mîmes l'esprit à la torture pour découvrir les motifs de cette disparition extraordinaire.

L'angoisse, bien que dissimulée, après avoir du bureau directorial atteint les classes et la lingerie, gagna la cuisine.

Alors le petit marmiton rencontré par les deux Scandinaves se décida à parler, et déclara les avoir vu entrer dans le souterrain.

Toute la maison fut aussitôt sur pied. Munis de torches, de lanternes et de cordes, on gagna la porte de fer ; on y attacha quatre longues cordes, on se divisa en quatre groupes, et on partit à la découverte.

J'étais de celui qui prit la bonne voie ; nous descendîmes l'escalier, atteignîmes la grande rotonde, et là, par terre, nous ramassâmes un foulard de soie !...

— Elles sont là, s'écria-t-on repris d'espoir.

On se mit à appeler, tout en étudiant les diverses galeries. Dans l'une d'elles, un petit morceau de bougie tombé à terre nous fit tressaillir.

On avançait toujours, appelant de temps en temps, glacées d'épouvante par ce lugubre silence. Enfin, à un cri répété pour la centième fois peut-être répondit un gémissement sourd.

Une porte brisée donnait accès à une salle..., la salle de torture !... Sur le côté, accroupie, hagarde, presque folle, Ida nous regardait venir, sans pouvoir bouger, paralysée par l'angoisse, croyant à une hallucination causée par la fièvre qui lui brisait les tempes.

On courut vers elle, mais, d'un geste dé-

sespéré, elle montra le puits au milieu de
la pièce, ne prononçant qu'un nom :

— Elsa !...

Puis elle fut prise d'une attaque nerveuse
de sanglots déchirants, que rien ne put
calmer. On l'emporta dehors, et l'air extérieur, la clarté du crépuscule la calmèrent
un peu.

Nous n'avions que trop compris l'horrible drame, et suivions le cortège en pleurant.

Lorsqu'elle put parler, elle nous raconta
tout ce qui s'était passé, son angoisse dans
cette solitude, qui lui avait paru éternelle ;
elle demanda combien de jours elle était
restée sous terre, car elle avait eu faim et
soif, et s'était crue près de son dernier sou-
pir.

Elle ne pouvait pas croire que cinq heures
seulement se fussent écoulées depuis leur
entrée dans le souterrain.

La mort de la pauvre Elsa causa un immense chagrin dans la pension et fut un
désespoir pour les siens. Son corps, malgré
toutes les recherches possibles, ne fut pas
retrouvé. C'est à sa mémoire que fut con-

sacrée cette petite chapelle toujours fleurie que vous admirez à l'extrémité du jardin. La famille, ne pouvant lui élever un tombeau, a voulu du moins dédier à sa mémoire un monument, où on pourrait lui porter des prières et des fleurs.

Mademoiselle Esther cessa de parler et les enfants écoutaient encore. Une émotion sincère mouillait tous les yeux. Pour secouer cette tristesse, la sous-maîtresse proposa une petite conférence sur les oiseaux et quelques autres animaux intéressants. Aux acclamations de toute la classe, elle commença ainsi :

LA CIGOGNE

C'est un oiseau très aimé des peuples du Nord, où on la considère comme portant bonheur aux maisons qu'elle choisit pour y construire son nid. C'est curieux de les voir, en Alsace, par exemple, où elles sont en honneur, perchées sur les toits couverts de neige, une patte repliée sous l'aile, l'autre, toute mince, supportant ce gros corps.

C'est leur attitude préférée, elles restent ainsi des heures, immobiles et rêveuses.

On prétend, en Alsace, que, lorsqu'elles choisissent une maison pour y nicher, en même temps que la bénédiction qu'elles apportent elles annoncent la naissance d'un enfant.

La cigogne est d'un naturel assez doux ; elle n'est ni défiante ni sauvage, et peut se priver aisément et s'accoutumer à rester dans nos jardins, qu'elle purge d'insectes et de reptiles. Elle a presque toujours l'air triste et la contenance morne : cependant elle ne laisse pas de se livrer à une certaine gaieté, quand elle y est excitée par l'exemple ; car elle se prête au badinage des enfants, en sautant et jouant avec eux. En domesticité, elle vit longtemps et supporte la rigueur de nos hivers.

L'on attribue à cet oiseau des vertus morales dont l'image est toujours respectable : la tempérance, la piété filiale et paternelle. Il est vrai que la cigogne nourrit très longtemps ses petits, et ne les quitte

pas qu'elle ne leur voie assez de force pour
se défendre et se pourvoir par eux-mêmes ;

LA CIGOGNE

que, lorsqu'ils commencent à voleter hors
du nid et à s'essayer dans les airs, elle les

porte sur ses ailes ; qu'elle les défend dans les dangers, et qu'on l'a vue, ne pouvant les sauver, préférer périr avec eux plutôt que de les abandonner. Elle donne des marques d'attachement et de reconnaissance pour les lieux et les hôtes qui l'ont reçue ; on assure l'avoir entendue claqueter

LE RENARD

en passant devant les portes, comme pour avertir de son retour, et faire en partant un semblable signe d'adieu. Mais ces qualités morales ne sont rien en comparaison de l'affection et des tendres soins que prodiguent ces oiseaux à leurs parents trop faibles ou trop vieux. On a souvent remarqué que des cigognes jeunes et vigoureuses apportent de la nourriture à d'autres, qui, se tenant sur le bord du nid, paraissaient languissantes et affaiblies, soit par quelque accident passager, soit que réellement la cigogne, comme l'ont dit les anciens, ait le touchant instinct de soulager la vieillesse. La loi de nourrir ses parents fut faite en leur honneur, et nommée de leur nom chez les Grecs.

A propos de cet intéressant oiseau, La Fontaine conte une charmante fable, que je vais faire réciter par Julia, car elle l'a fort bien apprise l'autre jour. Cette fable nous donne une excellente idée de l'intelligence de la Cigogne.

Julia quitta son ouvrage et commença d'une voix claire :

LE RENARD ET LA CIGOGNE

Compère le renard se mit, un jour, en frais
Et retint à dîner commère la cigogne.
Le régal fut petit et sans beaucoup d'apprêts :
    Le galant, pour toute besogne,
Avait un brouet clair ; il vivait chichement.
Ce brouet fut par lui servi sur une assiette ;
La cigogne au long bec n'en put attraper miette,
Et le drôle eut lapé le tout en un moment.
    Pour se venger de cette tromperie,
A quelque temps de là la cigogne le prie.
— Volontiers, lui dit-il, car avec mes amis
    Je ne fais point cérémonie.
    A l'heure dite, il courut au logis
    De la cigogne son hôtesse,
    Loua très fort sa politesse,
    Trouva le dîner cuit à point :
Bon appétit surtout : renards n'en manquent point.
Il se réjouissait à l'odeur de la viande,
Mise en menus morceaux et qu'il croyait friande.
    On servit, pour l'embarrasser,
En un vase à long col et d'étroite embouchure ;
Le bec de la cigogne y pouvait bien passer ;
Mais le museau du sire était d'autre mesure.
Il lui fallut à jeun retourner au logis,
Honteux comme un renard qu'une poule aurait pris,
    Serrant la queue et portant bas l'oreille.
      Trompeurs, c'est pour vous que j'écris ;
      Attendez-vous à la pareille.

LE RENARD ET LA CIGOGNE

Julia avait récité sa fable avec beaucoup de sentiment; les inflexions de la voix, toujours justes, donnaient bien l'idée de ce qu'elle disait et en doublaient le charme. Elle avait des petites mines très drôles pour exprimer la déconvenue du renard; bref, elle remporta un légitime succès, et regagna sa place toute radieuse.

Parlons maintenant, dit Mlle Esther, d'un autre oiseau que vous connaissez toutes : du perroquet.

La plupart des perroquets nous sont apportés d'Afrique, de l'intérieur de la Guinée principalement.

On les trouve aussi au Congo et sur la côte d'Angola.

L'Amérique du sud en fournit encore un contingent très important, dont les couleurs sont, en général, moins éclatantes que celles des perroquets d'Afrique.

Ils apprennent facilement à parler; mais, comme les anciens l'ont déjà remarqué, ils semblent écouter et imiter de préférence la voix des enfants, sans doute parce qu'elle est moins fortement articulée, et plus ana-

logue, par ses sons clairs, à la portée de
leur organe vocal.

Les talents des perroquets ne se bornent
pas à l'imitation de la parole : ils appren-
nent·aussi à contrefaire certains gestes et
certains mouvements. Scaliger [1] en avait
vu un qui imitait la danse des Savoyards
en répétant leur chanson. Celui-ci aimait à
entendre chanter; et, lorsqu'il voyait danser,
il sautait aussi, mais de la plus mauvaise
grâce du monde, portant les pattes en de-
dans et retombant lourdement : c'était là
sa plus grande gaieté. On lui voyait aussi
une joie folle et un babil intarissable dans
l'ivresse; car tous les perroquets aiment le
vin, particulièrement ceux d'Espagne et le
muscat, et l'on avait déjà remarqué, du
temps de Pline [2], les accès de joie que
leur donnent les fumées de l'acool.

L'espèce de société que le perroquet con-
tracte avec nous par le langage est plus
étroite et plus douce que celle à laquelle le
singe peut prétendre par son imitation ca-

[1] Scaliger, savant célèbre du xvie siècle.
[2] *Pline l'Ancien*, célèbre naturaliste romain, né l'an 23, périt
victime d'une éruption du Vésuve, l'an 79.

pricieuse de nos mouvements et de nos
gestes. Si celles du chien, du cheval ou de
l'éléphant sont plus intéressantes par le sentiment et par l'utilité, la société de l'oiseau
parleur est quelquefois plus attachante par
l'agrément. Il récrée, il distrait, il amuse ;
dans la solitude il est compagnie ; dans la
conversation il est interlocuteur ; il répond,
il appelle, il accueille ; il jette l'éclat des
ris, il exprime l'accent de l'affection, il joue
la gravité de la sentence ; ses petits mots
tombés au hasard égayent par des dispa-
rates, ou quelquefois surprennent par leur
justesse. Ce jeu d'un langage sans idée, souvent bizarre et grotesque, est toujours amu-
sant. A cette imitation de nos paroles, le
perroquet semble prendre quelque chose de
nos inclinations et de nos mœurs ; il aime et
il hait ; il a des attachements, des jalousies,
des préférences, des caprices ; il s'admire,
s'applaudit, s'encourage ; il se réjouit et
s'attriste ; il semble s'émouvoir et s'atten-
drir aux caresses, il donne des baisers affectueux ; dans une maison de deuil il apprend
à gémir, et souvent, accoutumé à répéter
le nom chéri d'une personne regrettée, il

PERROQUETS

rappelle à des cœurs sensibles et leurs plaisirs et leurs chagrins.

Si nous consultons Buffon, nous voyons que dans l'ancien continent il y a cinq grandes familles de perroquets, savoir : les kakatoès, les perroquets proprement dits, les loris, les perruches à longue queue et les perruches à queue courte ; et dans le nouveau continent il y a six autres familles, savoir : les aras, les amazones, les criks, les papegais, les perruches à queue longue, et enfin les perruches à queue courte. Chacune de ces onze tribus ou familles est désignée par des caractères distinctifs, ou du moins chacune porte quelque livrée particulière qui les rend reconnaissables.

Le perroquet vit très vieux ; il est fréquent qu'il devienne centenaire, même en France, où on en a vu passer de famille en famille pendant un nombre incalculable d'années.

Bien des personnes sont ennemies du perroquet à cause de ses cris insupportables. Ces oiseaux sont généralement aimés des enfants et des vieilles femmes ; des premiers pour leur babil, des autres comme société.

Mais il faut bien s'en défier, car les plus apprivoisés ont d'étranges lubies, qui les portent à mordre brusquement; leur morsure est toujours cruelle, car leur bec est des plus tranchants.

Leurs jalousies peuvent être terribles. J'ai vu un perroquet descendre de son perchoir, traverser toute une chambre pour grimper sur une dame dont il était jaloux, parce qu'elle avait embrassé sa maîtresse, quand celle-ci le tenait sur son doigt. Il la mordit au sang, et on eut beaucoup de peine à l'arracher d'après elle et à le mettre en cage. Il n'oublia jamais ce traitement, et accueillait chaque fois cette dame avec la même hostilité; il fallait l'emporter hors de la chambre pour éviter des accidents fâcheux.

Mais c'est assez nous occuper du perroquet, et, de l'oiseau parleur, nous passerons à l'oiseau jaseur et dirons quelques mots de la pie.

Vous la connaissez : elle est noire et blanche, elle a une queue longue et étagée et appartient à la famille des passereaux.

Elle est très commune dans presque toute l'Europe. L'hiver elle vole par troupes, et, pour trouver sa nourriture, s'approche des lieux habités qui lui offrent plus de ressources que les champs.

Elle s'accoutume à l'homme, et imite certains mots, certains cris d'enfants ou d'animaux.

Elle vit volontiers dans la maison et devient très familière.

Elle est omnivore, vivant de fruits, de corps morts, et s'attaque même aux petits oiseaux.

La pie montre une grande sollicitude pour sa couvée. Elle redouble de précautions pour construire son nid, le place à la cime d'un grand arbre, le recouvre à l'extérieur de bûchettes flexibles, ne laisse d'ouverture que du côté le mieux défendu, et seulement ce qu'il en faut pour qu'elle puisse entrer et sortir. Sa prévoyance industrieuse ne se borne pas à la sûreté, elle s'étend encore à la commodité ; car elle garnit le fond du nid d'une espèce de matelas orbiculaire, pour que ses petits soient plus mollement et plus chaudement couchés.

Tant de précautions ne suffisent point
encore à sa tendresse ; elle a continuelle-
ment l'œil au guet sur ce qui passe au dehors. Voit-elle approcher une corneille,
elle vole aussitôt à sa rencontre, la harcelle

PIE

et la poursuit sans relâche et avec de grands
cris, jusqu'à ce qu'elle soit venue à bout
de l'écarter. *Margot* est le nom qu'on a coutume de lui donner, parce que c'est le mot

qu'elle prononce le plus volontiers et le plus facilement.

Lorsqu'elle s'apprivoise, elle devient la maîtresse du logis. Elle est voleuse, s'empare de l'argent et va le cacher dans la terre ou dans son nid.

Quand la pie a appris à prononcer quelques paroles, elle les répète à satiété, étourdissant tout le monde par son caquetage : c'est de là qu'est venue la locution populaire : « Bavard comme une pie. »

LE PINSON

Nous ne quitterons pas la famille des passereaux sans saluer le pinson, cet aimable et gai chanteur.

Il a beaucoup de force dans le bec, il sait très bien s'en servir pour se faire craindre des autres petits oiseaux, comme aussi pour pincer jusqu'au sang les personnes qui le tiennent ou veulent le prendre, et c'est pour cela que, suivant plusieurs auteurs, il a reçu le nom de *pinçon*.

Les pinsons ne s'en vont pas tous en automne, il y en a toujours un assez bon nombre qui passent l'hiver avec nous ; je

PINSON

dis, avec nous, car la plupart s'approchent, en effet, des lieux habités et viennent jusque

dans nos basses-cours, où ils trouvent une
subsistance plus facile. Ce sont de petits
parasites qui nous recherchent pour vivre à
nos dépens; ils nous dédommagent au printemps, car on ne les entend jamais chanter
en hiver, à moins qu'il n'y ait quelques
beaux jours; le reste du temps ils se cachent
dans des haies fourrées, sur des chênes qui
n'ont pas encore perdu leurs feuilles, sur
des arbres toujours verts, quelquefois même
dans des trous de rocher, où ils demeurent
lorsque le froid est trop rude. Le pinson
est un oiseau très vif; on le voit toujours
en mouvement; et cela, joint à la gaieté de
son chant, a donné lieu sans doute à la
façon de parler proverbiale : gai comme
un pinson. Il commence à chanter de fort
bonne heure au printemps et plusieurs
jours avant le rossignol; il finit vers le sol-
stice d'été. Son chant est assez intéressant.
Quelques personnes trouvent son ramage
trop fort, trop mordant ; mais il n'est trop
fort que parce que nos organes sont trop
faibles, ou plutôt parce que nous l'entendons
de trop près et dans des appartements trop
résonnants, où le son direct est exagéré,

gâté par les sons réfléchis. La nature a fait les pinsons pour être les chantres des bois; allons donc dans les bois pour juger leurs chants et surtout pour en jouir.

Le pinson fait une guerre acharnée aux insectes; il en nourrit sa couvée; aussi devons-nous le protéger.

A propos des deux oiseaux dont nous venons de parler, voici une petite fable, que vous apprendrez un de ces jours.

LE PINSON ET LA PIE

Apprends-moi donc une chanson,
Demandait la bavarde pié
A l'agréable et gai pinson,
Qui chantait le printemps sur l'épine fleurie.
— Allez! vous vous moquez, ma mie,
A gens de votre espèce, ah! je gagerais bien
Que jamais on n'apprendra rien!
— Eh quoi! la raison, je te prie?
— Mais c'est que, pour s'instruire et savoir bien chanter,
Il faudrait savoir écouter,
Et babillard n'écouta de sa vie.

L'AIGLE

Terminons cette petite conférence sur les oiseaux par un rapide aperçu sur le roi des airs. Les *aigles* se reconnaissent à leurs tarses forts et emplumés jusqu'à la racine des doigts ; le dessus de leur tête est aplati et leur sourcil très saillant ; leurs ailes sont à peu près de la longueur de la queue ; leur vol est élevé et rapide ; leurs serres sont puissantes ; leur force musculaire est très grande, et leur courage surpasse celui de tous les autres oiseaux.

L'aigle est solitaire comme le lion, habitant d'un désert dont il défend l'entrée et l'usage de la chasse à tous les oiseaux ; car il est peut-être plus rare de voir deux paires d'aigles dans la même portion de montagne que deux familles de lions dans la même partie de forêt ; ils se tiennent assez loin les uns des autres pour que l'espace qu'ils se sont départi leur fournisse une ample subsistance ; ils ne comptent la valeur et l'étendue de leur royaume que par le produit de la chasse.

L'aigle a, de plus, les yeux étincelants et à peu près de la même couleur que ceux du lion; les ongles de même forme, l'haleine tout aussi forte, le cri également effrayant.

Nés, tous deux, pour le combat et la

AIGLE ROYAL.

proie, ils sont également ennemis de toute société, également fiers et difficiles à réduire ; on ne peut les apprivoiser qu'en les prenant tout petits.

On a dit et répété longtemps que l'aigle, quelque affamé qu'il soit, ne se jette jamais sur les cadavres, et qu'il dédaigne même une proie trop faible; mais, dans la réalité, il en est autrement : pressé par la faim, il se repait de corps morts, et s'il n'attaque pas d'ordinaire les petits oiseaux, c'est qu'ils lui échappent facilement au milieu des buissons, et n'offrent pas à sa voracité un assez riche butin.

Les populations tartares élèvent les jeunes aigles à la chasse pour attaquer les plus gros gibiers, tels que cerfs, antilopes, renards, moufflons, etc. L'aigle ne part jamais en vain : il s'élève en tournant au-dessus de sa proie, fond sur elle avec la rapidité de la foudre et la tue à moins qu'elle ne se retire dans un trou de rocher.

Maintenant que j'ai éprouvé votre attention par une causerie un peu sérieuse et instructive, continua Mademoiselle Esther, je vais vous en récompenser en vous racontant une histoire ou plutôt un conte fantastique, où un enfant méchant fut cruellement puni. Nous l'appellerons :

HANS LE MÉCHANT

I

C'était par une nuit très froide. Il soufflait un ouragan impétueux, qui gémissait dans les gorges et les précipices insondables, déracinant les arbres les plus gros, brisant les rameaux desséchés et faisant tourbillonner les feuilles mortes.

La neige commençait à tomber en flocons pressés.

Dans une chaumière d'un village situé à mi-chemin de la montagne, une pauvre femme malade, presque mourante, grelottait dans son lit, car il n'y avait pas de feu dans l'âtre, et plus de bois pour en allumer.

Son fils, le bon petit Paul, était près de son lit et la caressait en pleurant, désolé de ne pouvoir rien faire pour la soulager. Enfin, une idée lui traversa l'esprit ; il se pencha vers sa mère et lui dit tout bas avec un baiser :

— Mère, laisse-moi aller à l'entrée du bois ramasser des branches sèches pour faire une flambée. Cela te fera du bien d'avoir chaud.

— Pauvre mignon, dit la mère, tu auras trop froid ; la nuit est sombre, tu auras peur !..

Paul s'approcha de la fenêtre et souleva

3

le petit rideau, pour regarder au dehors.
Il ne faisait plus noir, car la neige recouvrait tout. La vallée était blanche au-dessous d'eux, le sommet de la montagne
était blanc aussi. Mais il n'en dit rien à sa
mère ; elle l'aurait empêché de sortir, et il
désirait tant lui faire un peu de feu pour la
réchauffer !

Il revint vers elle.

— Ne crains rien, petite mère, je n'aurai pas peur, et je reviendrai bien vite.

Il l'embrassa encore, borda la vieille couverture sous le matelas de paille, prit un
grand panier et sortit.

Oh ! comme il faisait froid !... il était
presque nu, car ses vêtements étaient en
lambeaux; sa mère était couchée depuis
longtemps et n'avait pu les raccommoder.

Comme il faisait froid !... il soufflait dans
ses doigts en courant pieds nus sur la neige,
qui tombait toujours plus épaisse.

Il n'avait pas songé, le cher ange, en partant pour sa pieuse mission, que le blanc
tapis qui couvrait le sol l'empêcherait de
trouver du bois. Il avançait toujours dans
la forêt, s'étonnant de ne rien pouvoir ra-

masser; puis, hélas! à force de marcher, il s'égara.

Maintenant il n'avait plus qu'une idée, tremblant et gelé comme il était : retourner près de sa mère agonisante, pour se blottir tout contre elle, et ne rien perdre de ses baisers consolateurs. Mais plus il marchait, plus il s'égarait; il mourait de faim et pleurait en disant :

— Mon Dieu! mon Dieu! Que vais-je devenir? je suis perdu! ma mère m'attend et mourra de chagrin et d'inquiétude si je ne reviens pas.

Mais l'écho même se taisait. Son innocente plainte se perdit dans le silence de la nuit. Les flocons de neige devenaient plus pressés et plus gros, effaçant au fur et à mesure la trace que laissaient ses pieds. La nuit était devenue très obscure, les nuages, en s'épaississant, interceptaient la clarté des étoiles.

Enfin, il aperçut une faible clarté s'échappant de la fenêtre d'une cabane, et se mit à crier pour appeler du secours.

II

Dans cette cabane habitait une famille de bûcherons aux cœurs plus durs que les grands rochers de la montagne.

Mais le plus mauvais des trois était Hans, le fils, qui réunissait en lui les pires défauts de son père et de sa mère.

Si l'un ou l'autre songeait à quelque chose de cruel, parlait d'une méchanceté à faire, lui l'exécutait ou tentait du moins l'impossible pour l'exécuter.

En entendant les plaintes de l'enfant perdu, le père s'était mis à grogner tout en attisant le feu.

— Maudits pauvres ! on ne peut jamais être tranquille avec eux ! Un jour, j'en ferai un carnage qui servira d'exemple ! Au moins ils me laisseront la paix ensuite !

Le pauvre petit Paul continuait à pleurer et à gémir. Alors Hans saisit un énorme tison enflammé, s'élança hors de la maison, et se mit à sa poursuite.

En voyant cela, Paul, lâchant son panier, se mit à courir en pleurant, sans pouvoir se consoler.

III

L'ouragan augmentait de furie, le vent rugissait avec une impétuosité folle, la neige, plus épaisse, semblait un rideau blanc.

Petit Paul courait et derrière lui Hans courait aussi, l'atteignant parfois et le brûlant avec son tison enflammé.

Ils arrivèrent ainsi à un endroit où se rencontraient deux courants de vents opposés ; et la neige et les pierres tournaient autour des arbres, formant un tourbillon qui montait en spirale avec une impétuosité extraordinaire.

Les deux enfants furent emportés par la rafale et s'élevèrent avec une rapidité vertigineuse à une hauteur inouïe, aussi haut que les plus hauts pics de la montagne, d'où se détachaient d'énormes blocs de granit, qui roulaient avec fracas, entraînant des avalanches de neige.

Quand ils furent là, Hans ne fut plus sou-
tenu par la mystérieuse puissance qui l'a-
vait enlevé, et retomba avec fracas parmi
les rochers et les pierres, jusqu'au fond d'un
précipice où il se brisa, et où il devint la
proie des vautours et des corbeaux.

Mais le petit Paul, pendant ce temps,
montait toujours, toujours plus haut. Il traversa les nuages, et l'ouragan s'était transformé en un léger zéphyr, qui le berçait dans
une atmosphère d'une pureté exquise, jusqu'au moment où des groupes d'anges l'en-
tourèrent, le prirent dans leurs bras, et l'em-
portèrent dans la gloire éternelle, par des
chemins couverts de brillantes étoiles et de
fleurs parfumées.

Ses haillons, qu'il avait perdus dans la
route, étaient remplacés par une tunique
blanche, et deux ailes d'azur le soutenaient
lui aussi dans l'éther, comme ses divins
amis.

Mais il se souvint, dans l'intensité de son
bonheur, qu'en bas, sur la terre, était resté
quelqu'un dont il était toute la vie et tout
le bonheur; alors, agitant ses ailes, il vola
où était sa mère, lui donna un baiser sur

ses lèvres pâles, recueillit son âme et retourna avec elle dans le céleste séjour.

. . . .

Pour cette fois, Mlle Esther n'avait pas réussi à faire avancer les ouvrages, car toutes ses élèves l'écoutaient bouche béante, les regards fixés sur les siens, suspendues enfin à ses lèvres, tant ce conte les intéressait et les emportait dans un monde inconnu et fantastique.

Mais comme l'après-midi avait été très bonne, que les enfants étaient charmantes, on ne pouvait rien leur reprocher; aussi, de sa voix la plus douce, les pria-t-elle de tout mettre en ordre, ce qu'elles firent avec empressement, l'heure du dîner étant proche.

C'était vraiment l'idéal des institutrices que Mlle Esther. Elle avait vingt-cinq ans et n'avait jamais quitté cette pension, où elle avait fait ses études, et où la mort de ses parents l'avait forcée de rester; car son père, un haut fonctionnaire, ne lui avait pas laissé de fortune.

Elle s'était facilement résignée à cette carrière; après ses examens, elle avait pris la direction d'une classe, et maîtresse et élèves étaient enchantées d'elle.

Elle adorait les enfants confiées à sa garde, qui d'ailleurs le lui rendaient bien, car les enfants aiment qui les aiment. Il y a rarement des enfants méchants de naissance; il y en a qui ont de bons ou de mauvais instincts, lesquels se développent suivant l'éducation qu'ils reçoivent et l'affection dont ils sont l'objet.

Aucun mauvais cœur ne résistait à Mlle Esther ; il fallait qu'on l'aimât, parce qu'elle était essentiellement bonne.

Elle était de plus charmante, jolie même, avec sa haute taille élancée et pleine d'élégance, ses épais cheveux châtains tout friselés, et ses grands yeux bruns d'une douceur pleine de sérénité et d'intelligence.

Avec cela très ferme, et sévissant avec une sévérité inflexible s'il le fallait absolument.

Avec de tels dons naturels, auxquels se joignait un véritable talent d'enseignement, on comprendra que sa classe était la meilleure du pensionnat. Il y en avait de plus savantes, de plus avancées dans les études, mais aucune où les progrès fussent aussi remarquables et la discipline aussi parfaite.

Elle avait donc par ces brillantes qualités un très grand avenir dans cet établissement, où elle était considérée comme l'enfant de la maison.

Pendant que nous vous parlons de notre aimable amie, la cloche du dîner a sonné, et la bande joyeuse s'est élancée du côté du réfectoire, en songeant que le lendemain ramènerait les causeries et les belles histoires.

TROISIÈME CAUSERIE

Comme on rentrait en classe, Carmen, une charmante Madrilena [1], s'approcha de Mlle Esther.

— Mademoiselle, lui dit-elle, vous nous avez dit hier, en commençant à parler de la désobéissance, qu'à ce sujet vous nous raconteriez deux histoires ; mais vous ne nous en avez dit qu'une seule...

— En effet ; après ce douloureux récit du souterrain, j'ai voulu vous parler de choses moins émouvantes, et je vous ai dit quelques mots sur les oiseaux. Mais je vais aujourd'hui commencer par cette seconde histoire, d'ailleurs très courte. Nous l'intitulerons :

[1] *Madrilena* : née à Madrid, capitale de l'Espagne.

L'INFIRMERIE

C'était également dans les premiers temps de notre arrivée ici. Nous avions une gentille petite élève qui fut atteinte de la petite vérole.

Pour ne pas effrayer tout le monde, nous ne jugeâmes pas à propos de dire le nom de la maladie.

On se contenta d'éloigner les enfants des environs, même de l'infirmerie, située, comme vous le savez, à l'extrémité du premier jardin. Le docteur avait affirmé que cela suffisait.

Mais Caroline, une fillette, amie de Louise la malade, avait, à plusieurs reprises, demandé la permission d'aller la voir, permission qui lui avait toujours été refusée. Naturellement Caroline ne se tint pas pour battue, et se mit à étudier le moyen d'arriver à ses fins.

Derrière la buanderie passe un étroit sentier très difficile, plein d'épines et de pierres,

et que ferme une porte, placée seulement
depuis cet accident.

Avec mille peines on pouvait arriver par
ce sentier, qui monte en gradins comme le
parc, à une fenêtre du premier étage, donnant sur la lingerie de l'infirmerie.

Caroline, ayant observé tout cela, se mit
un jour en route pour tenter l'aventure, et
réussit parfaitement à entrer; c'était l'heure
du repas de la garde, la malade était seule,
en proie à une forte fièvre, le visage cou-
vert de boutons rouges.

Grande joie de se revoir; bavardage ani-
mé, jusqu'au moment où du bruit dans l'escalier mit en fuite la visiteuse, qui promit
de revenir le lendemain.

Mais cette agitation avait augmenté la
fièvre de Louise, qui se mit à délirer, et
qui, en divaguant, raconta la visite de son
amie.

L'infirmière informa immédiatement la
directrice, qui appela Caroline, lui fit tout
avouer, et la sépara des autres, jusqu'à ce
qu'on pût être certain qu'elle n'avait pas
pris le mal de Louise.

Lorsque l'enfant connut le nom de la ter-

rible maladie dont elle était menacée, elle
fut prise d'une peur qui se trouva bien jus-
tifiée; car, au bout de quelques jours, la
petite vérole se déclara chez elle aussi.

Elle fut heureusement très bénigne, et
les deux camarades se relevèrent ensemble;
mais Caroline porta au front deux marques
assez profondes, qui restèrent comme un
stygmate indélébile de sa désobéissance,
tandis que Louise guérissait sans garder la
moindre trace de cette cruelle épreuve.

Ceci vous prouve, mes enfants, la vérité
de ce que je vous disais hier, qu'il faut
obéir, même aveuglément, tant que vous
n'avez pas assez de raison pour vous conduire vous-mêmes, et vous dire que, si vos
parents ou vos maîtres vous défendent
quelque chose, ce n'est pas pour leur amu-
sement, mais dans votre intérêt.

Je vais, maintenant, reprendre la causerie
d'hier et vous parler un peu d'un animal
très intéressant et qui est généralement
bien malheureux, parce qu'on abuse de
toutes ses qualités pour le maltraiter outre
mesure.

J'ai nommé l'âne.

On a l'habitude de se moquer des ânes, parce qu'ils sont moins beaux que les chevaux et parce que leur air tranquille et débonnaire ressemble à de la bêtise.

On se trompe, généralement, sur le compte des ânes. Ils ne sont pas aussi bêtes qu'ils en ont l'air.

Ils ont des qualités très précieuses, la sobriété, la douceur, une solidité de jambe bien supérieure à celle du cheval. Ils rendent de très grands services aux gens pauvres de nos campagnes.

Ce n'est point un cheval dégénéré; il n'est ni étranger, ni intrus, ni bâtard; il a, comme tous les autres animaux, sa famille, son espèce et son rang. Son sang est pur, et, quoique sa noblesse soit moins illustre, elle est tout aussi bonne, tout aussi ancienne que celle du cheval; pourquoi donc tant de mépris pour cet animal si bon, si patient, si sobre, si utile? Les hommes mépriseraient-ils, jusque dans les animaux, ceux qui les servent trop bien et à trop peu de frais? On donne de l'éducation au cheval, on le soigne, on l'instruit, on l'exerce ; tandis que l'âne, abandonné à la grossièreté du dernier des valets ou à la malice des enfants, bien loin d'acquérir, ne peut que perdre par son éducation. S'il n'avait pas un grand fonds de bonnes qualités, il les perdrait en effet par la manière dont on le traite : il est le jouet, le plastron, le bardeau des rustres qui le conduisent le bâton à la main, le frappent, le surchargent, l'excèdent sans précaution, sans ménagement.

Il est aussi humble, aussi patient, aussi tranquille que le cheval est fier, ardent, impétueux ; il souffre avec constance, avec courage même, les châtiments et les coups ; il est sobre, et sur la quantité et sur la qualité de la nourriture ; il se contente des herbes les plus dures, les plus désagréables, que le cheval et les autres animaux lui laissent et dédaignent. Il est fort délicat sur l'eau ; il ne veut boire que de la plus claire, et aux ruisseaux qui lui sont connus; il boit aussi sobrement qu'il mange, et n'enfonce point du tout son nez dans l'eau, par la peur que lui fait, dit-on, l'ombre de ses oreilles. Comme l'on ne prend pas la

peine de l'étriller, il se roule souvent sur
le gazon, sur les chardons, sur la fougère ;
sans se soucier beaucoup de ce qu'on lui
fait porter, il se couche pour se rouler
toutes les fois qu'il le peut, et semble par
là reprocher à son maître le peu de soin
qu'on prend de lui ; car il ne se vautre pas
comme le cheval dans la fange et dans
l'eau ; il craint même de se mouiller les
pieds, et se détourne pour éviter la boue :
aussi a-t-il la jambe plus sèche et plus nette
que le cheval.

Dans la première jeunesse il est gai, et
même assez joli ; il a de la légèreté et de
la gentillesse ; mais il la perd bientôt, soit
par l'âge, soit par les mauvais traitements ;
et il devient lent, indocile et têtu[1]. Il s'at-
tache cependant à son maître, quoiqu'il en
soit ordinairement maltraité ; il le sent de
loin et le distingue de tous les autres
hommes ; il reconnaît aussi les lieux qu'il
a coutume d'habiter, les chemins qu'il a
fréquentés. Il a l'ouïe, les yeux, l'odorat
admirables, ce qui a encore contribué à le

[1] Ce qui est passé en proverbe ; *têtu comme un âne.*

faire mettre au nombre des animaux ti-
mides, qui ont tous, à ce qu'on prétend,
l'ouïe très fine et les oreilles longues [1].

Lorsqu'on le surcharge, il le marque en
baissant la tête et les oreilles ; lorsqu'on le
tourmente trop, il ouvre la bouche et retire
les lèvres d'une manière très désagréable,
ce qui lui donne un air tout à fait drôle ; si
on lui couvre les yeux, il reste immobile ;
et lorsqu'il est couché sur le côté, si on lui
place la tête de manière que l'œil soit ap-
puyé sur la terre, et qu'on couvre l'autre
œil avec une pierre ou un morceau de bois,
il restera dans cette situation sans faire aucun mouvement, et sans se secouer pour se
relever.

Il marche, il trotte comme le cheval ;
mais tous ces mouvements sont plus courts
et plus lents. Quoiqu'il puisse d'abord courir avec une certaine vitesse, il ne peut le
faire que pendant un espace de temps assez
restreint et, quelque allure qu'il prenne, si
on le presse, il est bientôt exténué.

Dans nos pays, il vit de quinze à seize
ans.

[1] Comme les lièvres, les lapins, etc.

L'âne a, pour sa progéniture, le plus fort attachement. Les qualités affectueuses sont, du reste, un des traits les plus caractéristiques de cet animal, qu'un sot préjugé tend, chez nous, à trop rabaisser. Il mérite mieux que la réputation qu'on lui a faite.

Il est, en outre, très courageux; il se défend contre les loups et les chiens; au besoin il ne craint pas de lutter contre le cheval, le taureau, l'ours et le sanglier. Bien peu d'animaux domestiques sauraient faire preuve d'une semblable intrépidité.

Les bateleurs sont parvenus à apprendre aux ânes des tours assez extraordinaires : comme à exprimer quelques petits nombres en levant et en abaissant successivement le pied; à indiquer, au commandement, une carte rouge ou une carte noire jetées pêle-mêle avec d'autres; à s'asseoir sur les jambes de derrière et à se laisser gravement mettre un chapeau sur la tête, une serviette au cou, un long manche à balai au bras; à braire d'une manière plus ou moins douce, plus ou moins bruyante; à imiter l'éternument, etc. L'Ane est, on le voit, susceptible d'une éducation spéciale,

comme le chien, ce qui prouve combien il
est doué d'intelligence et de compréhen-
sion.

Sa peau, très dure et très élastique, sert
à faire de forts souliers, des cribles, des
tambours, du gros parchemin, du sagri ou
« chagrin » ; ses os, chez les anciens, ser-
vaient à fabriquer des flûtes.

Sa chair est, paraît-il, très savoureuse.

De ce portrait fidèle et ressemblant de
messire Baudet il ressort qu'il est un animal utile, bon, moins inintelligent qu'il en
a la réputation.

A son sujet, et le prenant comme type
du lourdaud voulant sacrifier aux Grâces,
La Fontaine, pour se moquer de certaines
gens à prétentions non justifiées, a écrit une
bien jolie fable :

L'ANE ET LE PETIT CHIEN

Ne forçons point notre talent ;
Nous ne ferions rien avec grâce :
Jamais un lourdaud, quoi qu'il fasse,
Ne saurait passer pour galant.

Peu de gens, que le Ciel chérit et gratifie,
Ont le don d'agréer infus avec la vie.
C'est un point qu'il leur faut laisser,
Et ne pas ressembler à l'âne de la fable,
Qui, pour se rendre plus aimable
Et plus cher à son maître, alla le caresser.
Comment ! disait-il en son âme,
Ce chien, parce qu'il est mignon,
Vivra de pair à compagnon
Avec monsieur, avec madame ;
Et j'aurai des coups de bâton !
Que fait-il ? il donne la patte ;
Puis, aussitôt il est baisé :
S'il faut en faire autant afin que l'on me flatte,
Cela n'est pas bien malaisé.
Dans cette admirable pensée.
Voyant son maître en joie, il s'en vient lourdement,
Lève une corne tout usée,
La lui porte au menton fort amoureusement,
Non sans accompagner, pour plus grand ornement,
De son chant gracieux cette action hardie.
— Oh ! oh ! quelle caresse et quelle mélodie !
Dit le maître aussitôt. Holà, Martin-bâton !
Martin-bâton accourt : l'âne change de ton.
Ainsi finit la comédie,

Mes enfants, que la morale de cette fable
soit bien comprise et retenue par vous :

Ne forçons point notre talent ;
Nous ne ferions rien avec grâce

La nature a doué chacun ici-bas de qualités personnelles, de même que, presque
toujours, cette qualité, ce don naturel, sont
compensés par une imperfection ou un tra-

vers quelconque. Il faut tirer bon parti des avantages qui nous sont échus, et tâcher d'éloigner et d'atténuer nos défectuosités ; surtout, gardons-nous bien de les croire qualités et d'en faire parade. Comme l'âne, nous nous attirerions horions et moqueries.

Mais je veux terminer la matinée en vous racontant deux petites histoires sur l'avarice et sur la paresse, les plus tristes plaies qui puissent affliger l'humanité.

BAPTISTE L'AVARE

Rarement les enfants sont avares ; c'est un défaut qu'on prend avec l'âge. Néanmoins, il y a des avares de naissance, et celui dont je vais vous parler fut un de ceux-là ; or, si ce défaut se prend avec l'âge, comme je vous le disais tout à l'heure, à plus forte raison il s'accroît avec l'âge, jusqu'à prendre d'incroyables proportions. Jamais on ne put le pousser plus loin que Baptiste l'avare, comme on le nommait dans la petite ville qu'il habitait. Plus communément encore, on l'appelait Bap, car

il ne signait jamais que ces trois lettres,
afin d'économiser l'encre.

Il portait les ongles fort longs pour mieux
saisir l'or, et mieux chercher à terre s'il ne
ferait pas quelque trouvaille ; aussi mar-
chait-il toujours en regardant le sol, ce qui
le faisait se heurter contre les reverbères
ou contre les passants.

Tout petit, il exerçait l'usure. En classe il
prêtait à ses camarades la monnaie de ses
menus plaisirs, à condition que, pour un
sou, on lui en rendît deux. Lorsqu'on vou-
lait lui faire faire des vêtements neufs, il
demandait à son père de lui en donner l'argent, ce que celui-ci faisait en riant, heu-
reux de voir cet enfant si économe, et ne
devinant pas que c'était un vice qui se dé-
veloppait en lui.

Plus tard, ses parents lui laissèrent une
grande fortune qu'il augmenta chaque jour,
sans nul souci d'en jouir, et faisant les pires
bassesses pour gagner un sou.

Ainsi, pour nettoyer ses chaussures, il pre-
nait de la suie humide avec la brosse et les
noircissait.

Il portait un long pardessus qui cachait

tous ses autres vêtements, et raccommodait tout lui-même avec des chiffons, qu'il ramassait de grand matin sur les tas d'ordures.

Il portait des habits noirs, parce qu'il pouvait les nettoyer comme ses chaussures, et un chapeau de haute forme pour n'en pas avoir deux. Lorsqu'il recevait une lettre, il retournait l'enveloppe pour la réponse, et écrivait la dite réponse sur un prospectus reçu dans la rue et soigneusement conservé. Il tâchait également de faire resservir le timbre.

Il ne s'asseyait presque jamais pour n'user ni ses chaises, ni son pantalon.

Il suivait volontiers les ouvrières couturières ou modistes à cause des aiguilles, des épingles ou du fil qu'elles portent sur elles et qu'il recueillait lorsqu'il le pouvait.

Il continuait à prêter usurairement, et amoncelait dans sa caisse les actions, les titres, les billets de banque surtout, qu'il adorait.

Il atteignit ainsi l'âge de cinquante ans, méprisé de tous, n'ayant qu'un amour, sa fortune, qu'un plaisir, la compter, la contempler et l'augmenter.

Puis, un jour, le feu prit à sa maison en son absence ; comment ? On ne le sut jamais. Lorsqu'il arriva, tout était en flammes. Il s'y précipita pour sauver son trésor ; mais la caisse de chêne, bardée de fer, qui le renfermait, était trop lourde, il ne put la soulever. A demi asphixié, il fut emporté par un courageux soldat qui risqua sa vie pour sauver ce qui restait de celle de l'avare.

En effet, il était grièvement brûlé, et resta estropié et presque aveugle. Depuis, il demande l'aumône dans les rues et aux portes des églises, n'inspirant aucune pitié, car tous ses malheurs viennent de sa faute, et que, lorsqu'il était riche, son cœur, plus dur qu'un rocher, était fermé aux souffrances des autres.

La paresse, maintenant.

GONTRAN DE CLERHMAIN

C'était au physique un charmant enfant, blond, pâle, aristocratique jusqu'au bout des ongles, élégant dans toute sa petite personne, avec cet air un peu dominateur que

donne la race, et cette pointe d'imperti-
nence que donne la fortune.

Lorsqu'il entra au collège à onze ans, il
s'imposa immédiatement par ses qualités et
ses défauts, car il était d'un courage incon-
testable, très nécessaire pour faire accepter,
dès l'abord, par ses jeunes camarades certaines hauteurs un peu blessantes parfois.

Mais comme il était bon et généreux,
qu'il défendait toujours les plus faibles contre les forts, il fut en peu de temps le favori
des maîtres et des élèves.

Certains êtres reçoivent de la nature le
privilège de la séduction et du charme,
grâce auquel ils se font adorer malgré tout.
On n'a pas contre eux la force de sévir ; ils
vous désarment par un regard, par la caresse de leur voix, de leur esprit, par une
sorte de magnétisme enveloppant qui vous
pénètre, et vous fait trouver bien en eux ce
que vous désapprouvez chez les autres.

Gontran était de ceux-là, et ce fut son
malheur.

Tant de dons aimables étaient combattus
par une invincible paresse. Ni parents, ni
professeurs, ni amis ne réussissaient à le

faire travailler; le pis, c'est qu'il échappait aux punitions par le dévouement affectueux de ses camarades qui, à l'envi, lui faisaient ses devoirs, lui soufflaient ses leçons, lui écrivaient jusqu'à ses pensums !

Il y avait même une complicité inavouée et latente chez les maîtres, dont cet enjôleur captait l'indulgence; car on n'approfondissait pas ses petites supercheries; il était si gentil... et si riche !... Qu'avait-il besoin de savoir ! .. On en sait toujours assez pour manger ses rentes !... Quelle erreur ! mes enfants.

Pourtant le marquis de Clerhmain, père de Gontran, n'était pas satisfait de cet état de choses, et souvent il exhortait son fils à devenir plus studieux; mais le collégien était juste assez fort en histoire pour répondre :

— Père, nos ancêtres ne savaient ni lire ni écrire, et n'en étaient pas moins de vaillants guerriers; ils en tiraient même vanité, laissant la science aux vilains et aux manants !

— Autre temps, autres mœurs, mon fils, répondait le gentilhomme, qui donnait au jeune comte [1] l'exemple d'une profonde érudition et d'une vie partagée entre les sciences et les arts. Il n'y a plus maintenant de vilains, ni de manants; il y a des hommes égaux par l'intelligence et le travail, qui peuvent s'élever, des derniers échelons de la société, au plus haut rang et aux premiers honneurs. Vous ne pourriez même pas, comme vos ancêtres, être un grand guerrier; si vous êtes ignorant, vous devriez rester simple soldat, mêlé à ce peuple que vous dédaignez, car le temps est passé où les grades se conquièrent par le simple courage physique.

Vous ambitionnez l'honneur fort légitime de porter l'épée comme vos pères, vous ne le pourrez qu'en travaillant sérieusement pour entrer dans les écoles où se forment les officiers, sinon vous serez éternellement un inutile.

Gontran, touché par ces nobles paroles, promettait de se corriger, mais ses efforts ne duraient pas même huit jours, et il re-

---

[1] Le fils d'un marquis est comte, et prend le titre de marquis à la mort de son père.

tombait de toute la hauteur de ses bonnes
intentions dans son incurable paresse.

Le temps passa, l'enfant devint un beau
jeune homme, un séduisant cavalier; mais
il échoua piteusement à tous ses examens,
et dut renoncer à l'idée d'entrer à Saint-
Cyr. Il en prit son parti ; il vivrait plus à sa
guise ainsi !... Et il se jeta à corps perdu
dans l'existence mondaine.

Son père vint à mourir, lui laissant en
espèces et en titres une belle fortune, con-
fiée à un grand banquier. Ce banquier, par
de mauvaises spéculations, fit faillite, en-
trainant des ruines épouvantables, et il ne
resta à Gontran que les dettes courantes qu'on
peut faire lorsqu'il est avéré qu'on a cent
mille francs de rente.

Ce coup imprévu le terrassa. C'était la mi-
sère brutale qui le surprenait en plein bonheur. Il regarda autour de lui, cherchant un
appui, un conseil, un soutien parmi tous
ses amis. Il ne rencontra que de l'indiffé-
rence.

Si, pourtant, une main se tendit vers lui,
celle d'un camarade de collège qui, maintes

fois, avait fait les devoirs de Gontran, car c'était un fort en thème, lui!...

Mais cette main ne pouvait qu'encourager, et non secourir. Georges Marcey était ruiné par la même faillite qui avait englouti les millions du marquis de Clerhmain.

— Ecoute, Gontran, lui dit-il, ne t'abandonne pas au désespoir. Avec le travail, on peut s'assurer une existence heureuse d'abord, et refaire sa fortune ensuite. Avec ton nom, bien des portes te sont ouvertes : la diplomatie, par exemple. Liquide ta situation, et cherche un poste digne de toi.

Hélas! le pli d'une indolence invétérée était pris! Gontran tenta de suivre ces bons conseils, d'autant meilleurs que Georges prêchait d'exemple. Il avait trouvé une place de secrétaire chez un grand écrivain, et, en même temps, cultivait les lettres pour son propre compte, travaillant avec un véritable acharnement.

Gontran, par ses hautes relations, trouva de brillants emplois; il n'en put conserver aucun, par son ignorance et sa paresse, qui le rendaient incapable de tout.

La gêne arriva; les goûts de luxe et de

dépense restant les mêmes, Gontran se li-
vra au jeu pour y subvenir. Il fit ainsi de
mauvaises connaissances qui le perverti-
rent, et lui firent descendre rapidement la
pente du mal.

Un jour arriva où, pour payer des dettes
de jeu et satisfaire une fantaisie coûteuse,
il fit des lettres de change qu'il signa d'un
faux nom. Il espérait que la chance lui serait favorable, et lui permettrait de les rem-
bourser sans que personne se doutât de rien.

Mais il perdit encore, il perdit toujours ;
l'échéance arriva !... Le lendemain tout serait découvert, et le dernier marquis de
Clerhmain prendrait place sur le banc des
accusés, et serait envoyé au bagne !...

Il se souvint alors que son père lui avait
légué un nom sans tache...; pendant un moment, il entrevit tous ses torts, l'inutilité de
sa vie... la paresse le conduisant au dés-
honneur !... et il s'arrêta épouvanté devant
l'irréparable !...

Un reste de noblesse lui dicta l'expiation.
Il rentra chez lui, écrivit au banquier qui
avait entre ses mains les fausses lettres de
change, le supplia d'accepter en paiement

tout ce qu'il possédait encore en meubles et objets d'art, et dont la valeur atteignait environ le montant de sa dette. Il le conjurait de ne pas ébruiter la chose et de sauver son nom de l'infamie ; puis, il se fit sauter la cervelle.

C'était un véritable crime, triste conséquence des fautes passées. Oui, chers enfants, un grand crime, car, à vingt-cinq ans, la véritable expiation est la régénération toujours possible à qui en a le courage et la volonté.

Ainsi s'éteignit une noble famille, par la paresse et l'ignorance.

Pendant ce temps, Georges Marcey, qui avait travaillé avec une héroïque persévérance, qui ne s'était pas laissé rebuter par les déboires et les échecs sans nombre d'une carrière difficile entre toutes, qui n'avait pas écouté les paroles décourageantes des pessimistes ou des jaloux, arrivait à la notoriété, à la gloire même, et entrevoyait la fortune ; non celle que donne la naissance et qu'on n'apprécie pas, car elle n'a coûté aucun effort, mais celle qu'on a acquise soi-même, par le travail, l'intelligence et la persévérance à toute épreuve.

C'est pour lui qu'on aurait pu dire ces paroles, tracées plus tard par un écrivain distingué : « La ténacité dans la mal-chance est toujours la marque des hommes supérieurement doués que rien n'abat, et qui marchent tout droit devant eux vers le but qu'ils poursuivent. »

FIN

1096. — Tours, imp. Rouillé-Ladevèze, Deslis frères, successeurs.

HISTOIRE ÉLÉMENTAIR

DU

DROIT FRANÇ

DEPUIS SES ORIGINES GAULOISES

JUSQU'A LA RÉDACTION DE NOS CODES MOD

PAR

J.-Edouard GUÉTAT

PROFESSEUR A LA FACULTÉ DE DROIT
AVOCAT PRÈS LA COUR D'APPEL DE GRENOBLE

PARIS

L. LAROSE ET FORC

LIBRAIRES-ÉDITEURS

22, RUE SOUFFLOT, 22

www.ingramcontent.com/pod-product-compliance
Lightning Source LLC
Chambersburg PA
CBHW071124260626
47162CB00006B/2442